*diatribe de amor contra
um homem sentado*

Obras do autor

O amor nos tempos do cólera
A aventura de Miguel Littín clandestino no Chile
Cem anos de solidão
Cheiro de goiaba
Crônica de uma morte anunciada
Do amor e outros demônios
Doze contos peregrinos
Os funerais da Mamãe Grande
O general em seu labirinto
A incrível e triste história da Cândida Erêndira
e sua avó desalmada
Memória de minhas putas tristes
Ninguém escreve ao coronel
Notícia de um sequestro
Olhos de cão azul
O outono do patriarca
Relato de um náufrago
A revoada (O enterro do diabo)
O veneno da madrugada (A má hora)
Viver para contar

Obra jornalística

Vol. 1 – Textos caribenhos (1948-1952)
Vol. 2 – Textos andinos (1954-1955)
Vol. 3 – Da Europa e da América (1955-1960)
Vol. 4 – Reportagens políticas (1974-1995)
Vol. 5 – Crônicas (1961-1984)
O escândalo do século

Obra infantojuvenil

A luz é como a água
María dos Prazeres
A sesta da terça-feira
Um senhor muito velho com umas asas enormes
O verão feliz da senhorita Forbes
Maria dos Prazeres e outros contos (com Carme Solé Vandrell)

Teatro

Diatribe de amor contra um homem sentado

GABRIEL GARCÍA MÁRQUEZ

diatribe de amor contra um homem sentado

TRADUÇÃO DE
IVONE BENEDETTI

1ª edição

EDITORA RECORD
RIO DE JANEIRO • SÃO PAULO
2022

EDITORA-EXECUTIVA
Renata Pettengill

SUBGERENTE EDITORIAL
Mariana Ferreira

ASSISTENTE EDITORIAL
Pedro de Lima

AUXILIAR EDITORIAL
Júlia Moreira

REVISÃO
Glória Carvalho

CAPA
Leonardo Iaccarino

IMAGEM DE CAPA
shank_ali / Getty Images

DIAGRAMAÇÃO
Mayara Kelly (estagiária)

TÍTULO ORIGINAL
Diatriba de amor contra un hombre sentado

CIP-BRASIL. CATALOGAÇÃO NA PUBLICAÇÃO
SINDICATO NACIONAL DOS EDITORES DE LIVROS, RJ

G14d   García Márquez, Gabriel, 1927-2014
         Diatribe de amor contra um homem sentado / Gabriel García
         Márquez; tradução de Ivone Benedetti. – 1a ed. – Rio de Janeiro:
         Record, 2022.

         Tradução de: Diatriba de amor contra un hombre sentado
         ISBN 978-65-5587-465-5

         1. Ficção colombiana. I. Benedetti, Ivone. II. Título.

22-76481   CDD: 868.993613
                     CDU: 82-3(862)

Gabriela Faray Ferreira Lopes – Bibliotecária – CRB-7/6643

Copyright © GABRIEL GARCÍA MÁRQUEZ, e herdeiros de GABRIEL
GARCÍA MÁRQUEZ © 1987

Texto revisado segundo o novo Acordo Ortográfico da Língua Portuguesa.

Todos os direitos reservados. Proibida a reprodução, no todo ou em
parte, através de quaisquer meios. Os direitos morais do autor foram
assegurados.

Direitos exclusivos de publicação em língua portuguesa somente para o Brasil
adquiridos pela
EDITORA RECORD LTDA.
Rua Argentina, 171 – Rio de Janeiro, RJ – 20921-380 – Tel.: (21) 2585-2000,
que se reserva a propriedade literária desta tradução.

Impresso no Brasil

ISBN 978-65-5587-465-5

Seja um leitor preferencial Record.
Cadastre-se no site www.record.com.br e receba informações sobre nossos
lançamentos e nossas promoções.

Atendimento e venda direta ao leitor:
sac@record.com.br

Esta obra estreou em Buenos Aires em 20 de agosto de 1988 e na Colômbia no Teatro Nacional em 23 de março de 1994, no âmbito do **IV Festival Ibero-Americano de Teatro**, com coprodução do Teatro Libre de Bogotá, do Teatro Nacional e do Instituto Colombiano de Cultura.

A atriz foi LAURA GARCÍA,
a cenografia esteve a cargo de JUAN ANTONIO RODA,
a música foi composta por JUAN LUIS RESTREPO
e a direção foi de RICARDO CAMACHO.

Em 2004 a obra fez turnê pela Espanha
por iniciativa de ANA BELÉN,
com as seguintes representações:

Santander: 13 e 14 de fevereiro. Palacio de Festivales
Bilbao: 15 e 16 de fevereiro. Teatro Arriaga
Jerez: 19 e 20 de fevereiro. Teatro Villamarta
San Fernando: 21 de fevereiro. Teatro de las Cortes
Málaga: 24 e 25 de fevereiro. Teatro Cervantes
Jaén: 26 de fevereiro. Gran Teatro
Almería: 27 de fevereiro. Auditorio
Alicante: 5 e 6 de março. Teatro Principal
Albacete: 7 e 8 de março. Teatro de la Paz
Madri: de 11 de março a 2 de maio. Teatro La Latina
Huelva: 6 de maio. Gran Teatro
Cádiz: 7 e 8 de maio. Teatro Falla

Antes da terceira chamada, ainda com a cortina abaixada e as luzes da sala acesas, ouve-se no fundo do cenário o estrépito de louça se espatifando no chão. Não é uma destruição caótica, mas sistemática e, de certo modo, jubilosa, mas não há dúvida de que o motivo é uma raiva inconsolável.

Ao terminarem os estragos, a cortina sobe no cenário escuro.

É noite. Graciela risca um fósforo na escuridão para acender um cigarro, e o irromper da chama dá início à lenta iluminação do cenário: é um dormitório de gente rica, com poucos móveis modernos e de bom gosto. Há um velho mancebo, do qual pendem algumas das peças de roupa que Graciela vai usar ao longo de seu monólogo; ele permanecerá ali todo o tempo do drama.

O cenário básico é um espaço sóbrio, previsto para passar por mudanças de lugar e tempo, segundo os estados de espírito da protagonista única. Esta, enquanto fala, fará as modificações necessárias para transformar o ambiente. Em alguns casos, um criado discreto entrará em cena nas sombras para fazer certas mudanças.

Na extremidade direita, sentado numa poltrona, de terno escuro e com o rosto escondido por trás do jornal, está o marido imóvel, fingindo ler. É um manequim.

Nos diferentes cenários haverá copos e jarros de água, assim como caixas de fósforos e maços de cigarros ou cigarreiras. Graciela tomará água quando quiser e acenderá os cigarros por impulsos irresistíveis, apagando-os quase em seguida nos cinzeiros próximos. Mais que um hábito, é um tique que o diretor manejará de acordo com as conveniências dramáticas.

O drama transcorre numa cidade do Caribe, com trinta e cinco graus à sombra e noventa por cento de umidade relativa do ar, depois de Graciela e o marido voltarem de um jantar informal pouco antes do amanhecer de 3 de agosto de 1978. Ela usa um vestido simples, cor de tijolo, com joias cotidianas. Está pálida e trêmula, apesar da maquiagem carregada, mas mantém o domínio fácil de quem já ultrapassou o estágio do desespero.

GRACIELA:

Nada se parece tanto com o inferno como um casamento feliz!

Joga a bolsa numa poltrona, recolhe do chão o jornal da tarde, dá uma

*folheada rápida e o joga ao lado da
bolsa. Tira as joias e as põe na mesa
de centro.*

Só um Deus homem podia me brindar com
essa revelação nas nossas bodas de prata. E
ainda tenho de agradecer por ele ter me dado
tudo o que era preciso para gozar da minha
burrice, dia após dia, durante vinte e cinco
anos mortais. Tudo, até um filho conquistador
e folgado, e tão filho da puta quanto o pai.

*Senta-se para fumar, tira os sapatos,
mergulha numa reflexão profunda
e, em tom baixo e tenso e monocór-
dico, parecendo o zunido de uma
varejeira, desfia o rosário de reclamações intermináveis:*

O que é que você achava? Que a gente ia
cancelar na última hora a festa mais falada do

ano, para eu fazer o papel de vilã nessa história e você ficar no bem-bom? Ha, ha. A eterna vítima! E enquanto isso você se nega a responder, se nega a discutir os problemas como gente decente, se nega a olhar na minha cara.

Longa espera.

Tudo bem: silêncio também é resposta. Então pode ficar aí até o fim dos tempos, porque vai, sim, me ouvir.

Apaga o cigarro esfregando-o sem piedade no cinzeiro, e começa a se despir aos poucos, sem interromper o monólogo.

Como o vestido é fechado nas costas com uma longa fileira de botões, Graciela fará todo tipo de tentativas quase acrobáticas para desa-

botoá-lo, sem pedir ajuda ao marido. Mas acabará por se render, agarrando com toda a força os dois lados do vestido na altura da nuca e, com um puxão enérgico, fazendo saltar a fileira de botões. No fim, tirará as meias e ficará descalça, vestida apenas com a combinação de seda.

À noite estará aqui todo mundo que tem valor e peso neste país. Quer dizer, todo mundo, menos os pobres. Como você mesmo anunciou vinte e cinco anos atrás, quando jurou que ia dedicar cada minuto da vida a preparar as bodas de prata do casamento mais feliz da Terra.

Pois então: aqui estamos. Se você não fingisse tanto interesse por esse jornal de ontem, em vez de ler o da tarde, poderia fazer as contas da

carrada de dinheiro que vai custar a tua fanfar-
ronice de profeta.

*Senta-se de novo para ler o jornal
vespertino perto do abajur.*

Mais de mil convidados nacionais e estran-
geiros, duzentos quilos de caviar, sessenta bois
artificiais importados do Japão, toda a produ-
ção nacional de perus mais bebidas suficientes
para resolver a carência de moradia popular.
(*Interrompe-se, ao perceber que não é uma infor-
mação rigorosa.*) Notícia falsa, mas não deve ser
tão exagerada assim. (*Continua lendo notícias
aleatoriamente*): Os turistas protestam porque
nos hotéis só há lugar para quem mostrar nosso
convite. As rosas vermelhas, que tinham sumi-
do fazia três dias, hoje de manhã reapareceram
dez vezes mais caras. As autoridades advertem
a população contra toda espécie de delinquentes
comuns, políticos e oficiais, que estão chegando

desde segunda-feira, atraídos pelo falso anúncio de que haverá festividades públicas. Há mais de setenta detidos.

Lê um pouco mais e atira o jornal longe:

Este país acabou!

(*Animando-se.*) Quer dizer que virão todos, até meus literatos, que se rebaixarão e vestirão a fantasia de pinguim só para me escoltarem em minha noite de glória. E, claro, ela virá, ela, antes de todos. O que é que você estava achando? Que eu ia me submeter à humilhação de não a convidar? Ha, ha! Se ela nos honrou em tantas outras datas, funestas ou gloriosas, não entendo por que não estaria na mais memorável de todas: a última.

É interrompida pelos sinos de uma igreja distante, chamando para a missa. Silencia para se dominar, mas não consegue evitar a fisgada da emoção.

Olha só, meu Deus: já vai amanhecer! Quarta-feira, 3 de agosto de 1978. Quem diria que vinte e cinco anos depois de casados ainda haveria um 3 de agosto!

Num dia como hoje, a esta hora, saímos do eremitério de são Julião Hospitaleiro. Você com uma camisa feita de saco de farinha, que ainda tinha o feixe de espigas e a marca de fábrica impressos nas costas, e eu com um camisolão de noviça emprestado por uma amiga duas vezes mais encorpada para que meu estado não fosse tão notado. Assim mesmo, quando passei, ouvi alguém dizendo: "Se demorassem um pouco mais, o guri poderia ser padrinho."

Foi muito estranho! O céu malva, com as primeiras luzes, estava cheio de pássaros pretos, grasnando e voando em círculos acima da nossa cabeça. Você disse — se bem que agora nega, mas disse — que Júlio César nunca se casaria debaixo de um auspício tão aziago como aquele, mas você, sim. E o mais estranho é que conseguiu exorcizar aquilo. Como dizer? (*Confusa*): Você conseguiu me fazer feliz sem ser: feliz sem amor. Difícil de entender, mas não faz mal: eu me entendo.

Pela primeira vez olha o marido, girando a cabeça com um movimento quase imperceptível.

(*Irônica*): Está esperando que eu corra para os teus braços, agradecida pelo que fez por mim? Que lhe renda o tributo de minha gratidão eterna por ter me coberto de ouro e glória?

Faz um gesto vulgar com o punho fechado.

Olha!

Acende outro cigarro para se acalmar, enquanto:

No primeiro plano do cenário aparece uma forma oval luminosa: o espelho da penteadeira.

Graciela se senta de frente para o público na banqueta da penteadeira, com o rosto emoldurado dentro da forma de luz oval. Depois de um instante de reflexão, suspira:

(*Nostálgica*): E a vida passou, porra!

Estica a pele do rosto com as duas mãos e evoca com tristeza como era vinte e cinco anos antes. Ergue os seios: eram assim. Dirige à sua imagem uma frase sem voz, mas tão bem articulada que poderia ser entendida por leitura labial.

Aproxima-se do espelho para ouvir a resposta inaudível da imagem, olha de novo o marido para ter certeza de que ele não a ouve, e diz ao espelho outra frase sem voz. Quer sorrir, mas não consegue: seus olhos estão marejados de lágrimas.

Tenta secar os olhos com os dedos, mas lambuza o rosto com a maquiagem. Não consegue suportar e reage com raiva:

Porra!

Começa a tirar a maquiagem diante do espelho, no início com fúria, por ter chorado, depois num processo lento e reflexivo, enquanto continua falando, mas agora não com o marido, e sim com sua própria imagem.

Se não fosse pelos amanheceres, seríamos jovens a vida inteira. A verdade é que a gente envelhece quando amanhece. O entardecer é deprimente, mas nos prepara para a aventura de cada noite (como diriam meus literatos). Os amanheceres, não. Nas festas, assim que sinto o silêncio da madrugada, começa uma comichão no meu corpo que não sossega. É preciso ir embora depressa, de olhos fechados para não ver as últimas estrelas. Porque, se o dia nos surpreende na rua com roupa de festa, joga em cima de nós uma enxurrada de anos, e a gente nunca mais se livra deles. É por isso também que eu não gosto de fotografia: a gente revê as fotos no ano seguinte, e já parece que elas saíram do baú dos avós.

Continua limpando a maquiagem.

Quantos anos eu tinha mesmo? Quase trinta, que naquela época era muito, demais. As crianças diziam: uma velhinha de uns trinta anos. Pois trinta anos eu tinha na primeira vez que nós viajamos no trem noturno de Genebra a Roma. Jantamos à luz de velas, jogamos cartas com uns recém-casados suíços que não viam a hora de perder para ir para a cama, e acordei feliz às seis, louca para conhecer os prodígios da água da Villa d'Este. De repente, tive o azar de me olhar no espelho. Que horror! No mínimo cinco anos a mais. Não adianta nada usar máscara de pepino, cataplasma de placenta, nada, porque não é uma velhice da pele, mas uma coisa irreparável que acontece na alma. Que merda!

É pena, porque trem é o único modo humano de viajar. Avião parece milagre, mas é tão rápido que a gente chega só com o corpo e anda dois ou três dias feito sonâmbula, até que a alma atrasada chegue.

Interrompe-se, olha para o marido, como se tivesse ouvido sua voz, e lhe diz com desprezo, articulando muito bem as sílabas.

Não-es-tou-fa-lan-do-com-vo-cê.

Depois, como se visse através de uma janela, percebe que começou a amanhecer.

Que maravilha: veja só! Nem sombra do que eram nossos amanheceres de pobres, claro. Mas, seja como for, mesmo daqui, esse aí também vale cinco anos de vida. (*Volta a si.*) Até com um marido embalsamado atrás do jornal.

Continua contemplando o amanhecer por longos segundos, fascinada, consciente de estar sacrificando cinco anos da vida pelo prodígio, enquanto o dia vai iluminando o cenário. No fim, suspira:

(*Nostálgica*): Como nós éramos felizes, meu Deus!

(*Ao marido*): Se você tiver de ser condenado por alguma coisa no Juízo Final, é por ter tido amor em casa e não saber reconhecer. Eu daria muitos amanheceres como este para estar ainda naquela casinha tosca da marisma, aspirando aquele cheiro de peixe frito bem frito e ouvindo a gritaria das negras fazendo amor ao meio-dia com as portas arreganhadas. Dormindo os dois na mesma rede, com espaço de sobra para mais dois, um fogão a carvão que era quase melhor não ter, por falta de uso, e uma privada que transbordava em arrotos pestilentos quando a maré subia.

A forma oval luminosa se apaga, e a sala vai se transformar num quarto pobre de uma favela do Caribe, com pouquíssimos móveis rústicos e deteriorados, que a própria Graciela põe no lugar enquanto fala, e uma rede grande, de cores vivas, que ela dependurará na hora certa. No fundo há uma janela aberta para o mar deslumbrante.

Há diversos varais para secar roupa, mas só estão penduradas duas camisas de homem. A única coisa que permanece igual é o marido escondido atrás do jornal.

Quando Graciela se levanta da penteadeira, vemos que está grávida de uns seis meses. Sem maquiagem, de combinação e com um pano amarrado na cabeça, recuperou o aspecto juvenil e pobre dos primeiros tempos do amor.

Eu tenho é vontade de bater a cabeça na parede, só de pensar que minha mãe é a única pessoa que não vem esta noite. A primeira que merecia estar aqui. Mesmo que fosse só por ter me avisado a tempo que a felicidade do esquecimento é a única que não se paga.

Meu destino teria sido outro, se eu tivesse herdado dela a virtude de ver as coisas antes que aconteçam, como se a vida fosse de vidro. Principalmente a tua. Nós sabíamos que você era um renegado dos Jaraiz de la Vera, que tinha limpado a bunda com os pergaminhos dos avós e mandado para o ar os ouropéis desta mansão e a coroa de ouro dos ancestrais, e isso seria suficiente para todos te abrirem a alma. Só a minha mãe não se enganou. Assim que te mostrei de longe, na festa de são Lázaro, com teus cachos dourados de Anjo da Guarda, quase antes de saber com certeza quem era você no meio da confusão dos inválidos, ela me avisou: "Esse rapaz tem duas caras: a que ele mostra, que já não é boa, e a outra, que deve ser pior."

Pega um balaio de roupa úmida e pendura umas poucas peças nos varais.

Eu não tinha nada, mas renunciei a tudo por você. (*Dá de ombros.*) Bom: eu me entendo. Claro que você nunca valorizou isso como um sacrifício. Que nada! Você nem ficou sabendo. E por quê? Porque a vida toda você foi inferior à tua própria sorte. Eu, em compensação, não tenho quem carregue a minha cruz, porque eu mesma me servi de láudano em colherinhas de ouro.

Foi só minha mãe dizer que você não era o homem da minha vida para eu ficar louca por você. As pessoas diziam que era um capricho natural de uma coitada do bairro de Las Brisas, a pobretona que era eu na época, já muito bem formada com dezenove anos, claro, mas falando como se arrastasse os pés (*imita a si mesma*): *Otília lava a tina, Vovô viu a uva, O rato roeu a roupa do rei de Roma.* Claro que de certo modo você era um precursor da moda de hoje com o cabelo até aqui (*indica até o pescoço*), uma barba que sempre parecia de três dias e umas sandálias de romeiro com os dedos de fora. E macrobiótico antes do tempo: nada de álcool, nada de fumo, nada de comer o que não tivesse sido plantado no jardim. Machista, isso sim, como todos os homens e quase todas as mulheres, e com um talento especial para demonstrar como o mundo estava malfeito. Com as mesmas razões cínicas que agora você usa para proclamar como grandes líderes os estadistas de araque que estão acabando com este país!

Se encasquetei que tinha de ser você desde o começo foi só para contrariar minha mãe, que tinha se moído de trabalhar feito uma mula, primeiro para me fazer bacharel em letras com as freiras dos ricaços e depois doutora na universidade, doutora em qualquer coisa, mas que fosse doutora. Quando você me conheceu, ela continuava gabando meus dotes nos mercados, como se tivesse me parido para me vender.

*Abre uma tábua de passar, apro-
xima um braseiro para aquecer os
ferros e começa a passar uma das
camisas secas dos varais.*

Antes de me deitar, ela tirava toda a minha
roupa do corpo, para eu não fugir e ir me encontrar com você. Tirava tudo, só não tirava a
correntinha com Nossa Senhora dos Remédios,
que me livrava de todo mal (menos de você,
por via das dúvidas...). Ela me deixava como
quando me pariu, solta no mundo e sem depilar
nada, como se usava na época. A única coisa
que não passou pela cabeça dela foi a que passou pela minha: uma noite me atirei pela janela
na água morta da baía, tal como estava, e fui
te procurar, nadando por baixo da água. Que
maravilha! Nada de sutiã com presilha atrás,
nada de anáguas de castidade, nada de calção-
zinho de madapolão com braguilha amarrada,
nada de nada, mas pronta de vez para você,

novinha, me espojando na lama podre como uma cadela de rua.

E aí nos igualamos: você, repudiado pelos teus pais, e eu, pelos meus. Mas felizes pelo que não tínhamos. Ao contrário de agora, que nos sobra tudo, menos amor.

No quarto vizinho, começa a ouvir--se uma melodia nostálgica, tocada num saxofone, com titubeios de aprendiz. É a melodia de uma canção muito bonita, que deve ser criada expressamente para esta obra, dentro do espírito e do gosto da época.

Graciela interrompe o monólogo e imita o saxofone com a voz, depois começa a cantar baixinho a canção, como se tentasse lembrar a letra. No

*final, canta bem a canção inteira,
como uma profissional.*

*Enquanto dura a canção, ela fecha a
tábua de passar, desprende a rede e
transforma o cenário de seus tempos
de pobre no da época atual.*

*No final da canção, é outra vez pleno
dia na sala do início.*

Bom: eu não me importava de ser pobre. Ao contrário, quem me dera estar ainda por lá, órfã e gaga, mas embalada pelos exercícios de saxofone de Amália Florida, que Deus a tenha em seu santo reino. Pobre Amália, que dedicou a vida a aprender uma única peça no saxofone, sempre a mesma. (*Repete com voz de saxofone os primeiros compassos da canção que acaba de cantar. Ri feliz*): Às vezes eu não aguentava mais e gritava: (*Grita*): "Amália, pelo amor de Deus, larga essa lata!" E ela, muito séria, gritava de volta: (*Grita*): "Não seja burra, mulher. O saxofone não pertence aos metais." E continuava ensaiando dia e noite a mesma canção.

O certo é que a felicidade não é como dizem, que só dura um instante, e a gente só fica sabendo que teve quando ela já se acabou. A verdade é que ela dura enquanto dura o amor, porque com amor até morrer é bom.

Acende um cigarro.

E você ainda tem o descaramento de dizer que a velhice está me deixando ciumenta. Imagine! Só Deus sabe o que eu passei para não dar ouvidos aos comentários sobre as tuas aventuras. Disseram que, daquela vez que você chegou meio morto às cinco da manhã, não foi porque tentaram te sequestrar (como você mandou publicar nos jornais), mas porque ficou trancado a noite toda com uma menor de idade em casa alheia, e você mesmo rasgou a própria roupa e cobriu a cara de hematomas para acreditarem na tua história. Que noutra vez foi verdade que te assaltaram quando você estava no carro com a Rosa San Román — que horror! —, com a santa Rosinha San Román, nem mais nem menos, e não só deixaram os dois peladinhos como também te obrigaram a pagar não sei quanto para não ser estuprado na frente dela. Deve ser por isso que tenho acessos de riso quando me mandam cartas anônimas. Porque elas só contam as cafajestadas que não dão certo; as que dão certo só você conta, e ninguém acredita.

A mim não fazem nem cócegas, porque sempre cumpri o prometido quando nos casamos: não importa quem você leva para a cama, desde que não seja sempre a mesma. Mas não venha me dizer agora que ela é uma diferente a cada vez, se quase quase vocês festejam as mesmas bodas de prata que estamos festejando. É mais tempo do que os anos que ela tem de casada com o mequetrefe do marido dela, que, segundo dizem, vai ao barbeiro uma vez por semana para serrar a galharada, e se gaba em sociedade de que os filhos têm as pálpebras árabes dos Jaraiz de la Vera. Todos, menos a menina mais nova, com aquela juba de negra brava que ninguém sabe de onde vem, o que me faz pensar (louvado seja Deus) que já te deram para tomar a sopa feita com teu próprio caldo.

O jornal do dia é deslizado por debaixo da porta. Ela o recolhe e o põe perto do marido.

(*Irônica*): Este é o de hoje, para você dar a esse aí o descanso merecido; já deve estar apagado de tanto ser lido.

*Parece ser interrompida por uma voz **inaudível** na porta. Põe-se a ouvir com atenção, depois transmite instruções categóricas para a festa:*

Nada disso, diga ao Gaspar que façam o que combinamos no ensaio do sábado. Qualquer outra novidade de última hora que ele resolva como achar melhor. Combinado?

Pausa para ouvir.

Está bom. E, por favor, não me incomodem mais. O patrão também não. Nem por telefone. Digam que não sabem aonde fomos. Vamos estar ocupados aqui sabe-se lá até quando. (*Sorriso amarelo.*)

Obrigada, Brígida.

Reflete:

Que burrice a minha! As revistas de fofocas vão publicar que nós passamos o dia todo festejando as bodas de prata na cama. (*Dá de ombros.*) Não estou nem aí, desde que não seja verdade! O que é que eu estava dizendo?

Já fora da personagem, pergunta ao público:

Alguém aí lembra o que é que eu estava dizendo?

As respostas do público lhe permitem retomar o fio do monólogo, mas antes ela diz a quem tiver ajudado a lembrar:

Muito obrigada, mas afinal ele é meu marido, e esta briga é só entre mim e ele, e ninguém tem de se meter. Desculpe, hem.

*Serve-se de bebida. Toma um pou-
co. Depois de refletir, dirige-se ao
marido:*

Bom: mas agora tudo isso são águas pas-
sadas. Acabou! A mamãezinha-estepe aqui,
a que esquentava tuas meias antes de dormir,
para você não morrer pelos pés, a que cortava
tuas unhas com tesourinhas de bordar, a que
botava talco boricado nas tuas entrepernas
para evitar a inflamação das assaduras pelas
tantas quengas dos canaviais que você levava
para o teu engenho, a que suportava com tanta
devoção teus vômitos de bêbado e teus peidos
de tresnoitado debaixo do cobertor, essa aí
resolveu fazer o que devia ter resolvido desde
o primeiro dia: vou me mandar!

Acaba de tomar a bebida.

Porque, para seu governo, em 3 de agosto fez dois anos que não transamos. No 3 de agosto passado, quando se completava o primeiro ano, você me ligou de Los Angeles sem motivo nenhum, e eu entendi como cumprimento de aniversário. Mas neste ano você estava aqui, leu até bem tarde na cama, e eu fiquei folheando revistas velhas, sem ler, atenta a algum sinal. Nada!

Não pensava em te seduzir, claro, mas eu precisava falar do assunto. Continuo precisando. Dizer que, depois de dois anos de penitência, você deve reconhecer pelo menos o meu direito de estar ressentida porque na loucura da cama você me chamou pelo nome de outra. (Que com certeza não era o dela, nem lembro qual.) Sei muito bem que todo mundo tem outra pessoa em quem pensar nesse momento. Quem não tem? Eu mesma tenho, apesar de nunca ter te dado a honra de te chifrar. Mas sempre te amei demais para errar de nome.

Continuo achando que o razoável era conversar na mesma noite em que aquilo aconteceu. Mas não, nesta casa não se fala de problemas da cintura para baixo. São assunto proibido. Por isso, você dormiu virado para o outro lado e me castigou com a abstinência. Até hoje. Dois anos e dezoito dias. Mas hoje paro de contar. Acabou!

Mudança.

Se é para dizer verdades, sempre temi em você uma reação tão primitiva. Desde que vim pela primeira vez a esta casa. (*Breve reflexão.*) Bom, falei. O fato é que tua mãe me chamou sem você saber, pouco depois que teu filho nasceu. No começo achei uma deslealdade, mas depois pensei que talvez fosse bom para você e, afinal, seria melhor para o menino. Isso me animou a vir. É difícil imaginar agora de quanta coragem eu precisei para entrar nesta casa andando pelas bordas, porque achava que não se podia pisar nos tapetes, acreditando que a abóbada do vestíbulo era de ouro de verdade, que os frisos e os capitéis eram de ouro, que tudo o que era dourado era ouro. Quanta coragem precisei ter para me entender com ela, porque você sempre me pintou tua mãe como uma sargentona que só obedecia às suas próprias leis.

O cenário se escurecerá quando ela começar a evocar a sogra. Só ficará um foco de luz muito intenso, no qual veremos a idosa aristocrata na cadeira de balanço vienense, tal como Graciela a descrever, com o leque de avestruz, servindo chá etc., mas com leves toques de irrealidade e, obviamente, num plano diferente.

Vou levar para o túmulo a visão que tive dela naquela tarde entre as astromélias do terraço: mais empoada que uma japonesa, na cadeira de balanço de vime, vestida de linho branco com o colar de pérolas de seis voltas, e o leque de plumas de avestruz, que nós ainda emprestamos todos os anos às vencedoras dos concursos de *miss*. A primeira coisa que aquela atrevida fez foi me dizer que meu defeito de dicção não era por fatalidade, mas por desleixo. Perguntou se eu queria uma xícara de chá, eu disse que não, imagine, se a única coisa que eu sabia de chá era o que minha mãe receitava quando eu era criança, para baixar a febre. Mas, assim mesmo, ela me serviu o chá. "Ai, minha filha, você tem tanta coisa para aprender", disse. O que me impressionou foi ela ser mais nova do que eu poderia imaginar para a avó do meu filho. Ereta e langorosa. Muito bonita, ainda por cima, com aqueles cílios de quase sonho que podiam abanar melhor que o leque. Fiquei encantada com aquelas mãos melancólicas, como se fossem de parafina, que queriam falar sozinhas: idênticas às tuas. Mas me assustei com a força de determinação dela.

Eu nunca tinha conhecido lugar tão quieto. Havia um canário em algum local, e toda vez que ele cantava as flores se moviam. De repente, enquanto conversávamos, ouvimos uma tosse lancinante, de alguém engasgado dentro da casa, e o silêncio se tornou tão profundo, que o mar parou, parou a tarde, parou o mundo, tudo, e eu senti que não havia ar para respirar. Tua mãe ficou com a xícara suspensa na ponta dos dedos até que a tosse passou; então disse bem devagar (*confidencial*): "É ele." Mais tarde, quando eu estava saindo da casa, alguém abriu uma janela por engano, e eu o vi sem querer. Era um fantasma deitado, esquálido e amarelo, sem um único fio de cabelo na cabeça, sem nenhum dente na boca, e com uns olhos imensos, que já não eram deste mundo. Mas mesmo naquele estado se notava tal peso de autoridade, que uma única palavra dele teria sido suficiente para te aniquilar.

Tua mãe tinha certeza de que ele não passaria daquele fim de semana. Por isso me chamou. Falou de você, filho único, do neto destinado a ser também o único numa família que parece condenada a ter só um filho em cada geração, até nascer uma mulher única, e o sobrenome se extinguir.

Estava decidida a qualquer coisa, a legitimar nosso casamento, a falsificar as provas da minha origem, a nos entregar de uma vez o vasto patrimônio familiar e aquela estação de trem e tudo o que tinha dentro, com a única condição de você vir suplicar o perdão oficial de teu pai moribundo. Eu morria de vontade de dizer: "Ah, tá!" Mas me limitei a responder que te conhecia tanto, tanto, que ia te fazer esse pedido só para satisfazê-la, porém tinha certeza de que você não viria. Nem morto. Então ela disse com uma segurança que me deu raiva: "Ai, filha, você ainda está muito verde para conhecer os homens." Eu insisti: "Ele não vem, minha senhora, pode acreditar." E ela insistiu: "Vem, você vai ver."

Acende um cigarro.

Bom, pois é: veio.

E não foi graças a mim. É verdade que eu fiz uma ladainha, a noite inteira, insistindo que você devia ir ao enterro, na certeza de que você não viria de jeito nenhum. E agora eu seria até capaz de achar que fiz a coisa certa, não fosse pela desgraça de você ter vindo um e voltado outro. Que horror! Bastou um único funeral em grande estilo para você esquecer a fome, as humilhações, tua briga com o mundo. Tosquiaram os teus cachos de anjo, fizeram tua barba com navalha, te pentearam para dançar tango, com brilhantina e risca no meio, e te puseram um terno de casimira inglesa, com colete e relógio de bolso, além do anel com o escudo da família, que você nunca mais tirou do dedo. E pior: se eu não me opusesse, você teria aceitado ser chamado de marquês, como teu pai e teu avô, apesar de ninguém saber com certeza se o título nobiliárquico existiu de verdade alguma vez. Que vergonha! Você voltou idêntico a todos, ou, como diz agora de boca cheia: idêntico ao teu bisavô marquês. Até na prisão de ventre de concreto armado. Você, que nunca tinha tido problemas nesse campo, antes pelo contrário: um aproveitador!

Com aquele meu amor desatinado, o que mais eu podia fazer, a não ser me empenhar com todos os meus méritos para ser digna de você? Pois bem: aqui estou eu. Nesta cidade onde todo mundo é doutor, eu sou a única quatro vezes doutora. Quatro vezes o sonho da minha mãe. Além disso, francês em dois anos, inglês em outros dois, um inglês muito ruim, é verdade, mas você mesmo me disse que o idioma universal não é o inglês, é o inglês mal falado. E dois mestrados: um em letras clássicas, com tese sobre os ciúmes em Catulo, e o melhor, *summa cum laude* em retórica e eloquência, depois de corrigir a dicção com o método de Demóstenes, falando em hexâmetros técnicos até quatro horas seguidas com uma pedra na boca (*Enfia o indicador na boca e diz*): *Quis, quid, ubi, quibus auxiliis, cur, quomodo, quando?*

Quando me mudei para esta casa, perdi a confiança das minhas amigas de escola, as únicas que eu tinha, e nunca tive totalmente a confiança das tuas amigas daqui. Acabei num mundo de além-túmulo, cheio de mulheres solitárias, que só têm afinidade comigo pelo fato de não saberem com certeza onde estão os maridos. Mas eu era feliz porque não encontrava nada que desejar. Ia sem você aos concertos, ao cinema, aos bazares de caridade. Busquei refúgio na tertúlia de meus literatos que me consagram em seus versos sem a humilhação de me desejarem na cama. Imagine. O que precisei mudar para não ser inferior. Para você a solução foi fácil: dizia, meio de brincadeira, meio de verdade, que eu tinha levado a sério o marquesado, que troquei o teu amor pelo do teu filho, que a cama já não me interessava, a não ser para dormir ou, pior, para fingir dormir, que eu estava o tempo todo de farol vermelho, como diz, que eu ficava no banheiro até você pegar no sono, que sei eu. Mas a verdade é que você sempre voltava da rua de lanterna apagada. Resumo da ópera: entre estas e aquelas, o tempo foi passando sem a gente perceber: vapt! Vinte anos.

Daqui por diante, talvez até a tempestade de neve, Graciela fará um completo desfile de moda enquanto tenta decidir que roupa vai usar na festa. A quantidade, a duração e o modo de fazer as trocas na frente de um espelho imaginário serão decididos pelo diretor, de acordo com seus critérios, sem se preocupar com que sejam roupas para uma festa. Devem ser de épocas e estilos variados, à margem dos tempos do drama, mais de acordo com a conveniência dramática ou com o estado de espírito de Graciela.

Agora você tem a cara de pau de dizer que a culpa é minha porque resolvi aprender latim. Essa é boa! A culpa é minha, claro, mas não por causa de latim nenhum nem de nenhuma besteira dessas, e sim porque não te coloquei no devido lugar desde o princípio. Sabe quem foi a primeira pessoa que me repreendeu por isso? A tua mãe. Uma tarde, sem imaginar que eu não sabia, ela me disse: "O que eu não entendo é você ter sido tão fraca a ponto de permitir essa amásia de vaudeville." Eu não quis dar a ela o gosto da razão. Por isso perguntei: "A senhora tem provas?" Ela respondeu, irritada: "Claro que não, dessas coisas ninguém tem prova." "Pois não acho que seja verdade", eu disse. "E, mesmo que fosse, meu dever é acreditar mais no meu marido do que nos outros." Então ela sorriu com um pouco de afeto, pela primeira vez, e disse: "Tenha cuidado, minha filha, você está confundindo orgulho com dignidade, e isso costuma ser desastroso nesses assuntos."

Eu sabia daqueles comentários fazia tempo. Na realidade, desde que vi tua querida pela primeira vez no Mesón de don Sancho, tive o pressentimento de que entre vocês tinha acontecido, estava acontecendo ou ia acontecer alguma coisa. Pensa que não me lembro? Pois lembro: foi depois do concerto de Rubinstein no Teatro das Belas-Artes. Quem a apresentou a nós foi o Guillén Pedraza (ou pelo menos encenou uma apresentação), e eu cochichei no teu ouvido, para que os outros da mesa não ouvissem: "Mais cara de puta é impossível." Que tal o olho clínico? O velho Ruby, com quase oitenta anos e depois de todos os noturnos de Chopin com onze bises, bebeu de quatro garrafas de champanhe às duas da madrugada e comeu uma omelete de chouriço com pimentão e cebola deste tamanho. (*Indica com as mãos.*) Estava muito simpático com suas histórias de polonês, como sempre, mas você nem percebeu, porque não conseguia ficar com a bunda na cadeira, tentando olhar para trás. Dava tanta aflição ver aquilo, que eu te disse: "Pode ficar tranquilo, ela já foi embora." Você não estourou, claro, porque está sempre de facho baixo, mas teu pescoço de galo de briga palpitava de raiva: sinal de que eu tinha posto o dedo na ferida. Estou indo bem?

Espera a resposta que não chega.

Foi por puro acaso. Porque eu não sabia, nem tinha como saber, quem era ela, nem que em suas águas afogava o ganso todo aquele que lhe conseguisse papéis de caridade nos teatros de órfãos. Boa atriz ela é, não há quem negue. Mas daí a ser dona e senhora desta casa, ha, ha. Eu só queria ver a dor de barriga que você vai ter quando tiver de apertar o cinto para honrar essa mulher com o teu nome. A nova senhora de Jaraiz de la Vera. Imagine só! Tremendos sobrenomes para uma dentadura de vinte e quatro quilates que ri sozinha e quando quer, com aquela tetaria que não há sutiã que susten-te, elegante como um andaime, com as roupas usadas que eu lhe cedi em vez de jogar no lixo, só que alargadas com reforços de palmo e meio para que a bundaça não arrebente as costuras.

E de resto, a história de você ter dado ao marido um dote em ouro de lei para ele se casar com ela, de você pagar a ele um salário de capataz dos teus engenhos para manter a farsa, para ele ser o papai dos teus filhinhos, que nada! Puro folclore local. Eu é que sei, eu que ouço dizer o mesmo de mim, porque era eu, e não você, que a levava para a nossa mesa depois do teatro (sempre com um homem diferente, claro), e fui eu, e não você, quem se atreveu a convidá-la a vir a esta casa pela primeira vez, e fui eu, e não você, quem fez o casamento dela e completou as núpcias com dinheiro vivo. Pois bem: errei. Acreditei que era uma maneira inteligente de sensibilizar a consciência dela, que, como se vê, é igual à tua (*bate com os nós dos dedos em algo duro*): ferro maciço.

*Entra no banheiro sem interromper
o monólogo, que continuamos ouvindo dos bastidores.*

Durante anos aguentei os bilhetinhos anô-
nimos que punham por baixo das portas ou
no para-brisa do carro, me fiz de boba com as
indiscrições malvadas, com as indiretas nas
visitas, com a ligação que me fizeram uma
madrugada para dar o endereço exato de onde
você estava com ela. Em compensação, con-
fesso que a primeira prova cabal que eu tive
me pegou de surpresa, no domingo em que
a convidamos para almoçar no engenho, faz
menos de dois anos. Na primeira vez que fui
lá, faz não sei quantos anos, eu jurei não voltar
nunca mais: não suporto a fermentação da ga-
rapa, o zumbido das varejeiras, muito menos o
servilismo em que você mantém os teus peões,
que trabalham pela comida e vão votar sob ca-
bresto. Mas uma vez mais você me convenceu

com tuas artes de ilusionista, e agora eu sei por quê: foi obra do destino.

Ouve-se o ruído da descarga, e ela reaparece um instante depois.

Tinha de ser! Porque desde que chegamos ao engenho, no meio da barulheira dos peões e da aglomeração da moenda, precisaram tirar os cachorros de cima de mim para eu não ser estraçalhada, porque eles nunca tinham me visto, mas, em compensação, fizeram uma enorme festa para ela, lambiam as mãos dela, passavam pelo meio das pernas dela, balançando o rabo, até que no fim precisaram ser presos, para não a enlouquecerem de amor.

(*Com toda a ironia*): E mesmo assim fiquei em dúvida. Sabe? Porque é duro admitir que alguém tem uma amante mais feia que a esposa.

Furiosa de repente:

O que mais você queria? Que eu me rebaixasse a te seguir pelas ruas? Que mandasse meus literatos te vigiar? Que ficasse matraqueando uma arenga sem fim, eu, que, se existe coisa que detesto neste mundo, é mulher arengueira que faz o marido perder as estribeiras com um falatório de dias inteiros e noites completas? Essa não! Isso é o que todos os homens querem, todos, sem exceção. Adoram provocar ciúmes. Se o bispo lhes estende a mão perfumada de Madeiras do Oriente para cumprimentar, eles chegam radiantes em casa e põem a palma da mão no nariz da mulher — cheira! — e não dizem mais nada, para ela imaginar o pior e bancar a ridícula com um escândalo sem motivo.

*Atrás do cenário se ouve o saxofone
triste de Amália Florida. Primeiro*

muito baixo, mas crescente, e depois
tão intenso que interfere na voz.

Adoram deixar nos bolsos números de telefone escritos ao contrário, sem nenhum nome, para serem encontrados pelas esposas quando elas mandam lavar a roupa.

Exasperada com o saxofone, grita
fora de si:

Porra! Me deixa falar!

O saxofone se interrompe abruptamente. Graciela fala para o aposento do fundo:

Me deixa falar, Amália Florida. Será que você nunca vai se conformar a descansar em paz?

Faz uma pausa, ouvindo a resposta inaudível de Amália Florida, e replica:

Cantar de novo? Nem pensar: isto aqui não é discoteca.

Escuta outra réplica da vizinha, e reage indignada:

(*Para o público*): Viram só que cara de pau? Para eu não falar tão alto porque atrapalha o ensaio dela. (*Para a vizinha*): Não: Amália Florida. Esta nunca foi tua casa, e a partir de amanhã também não vai ser a minha. Portanto, vá à merda e me deixe conversar em paz com o meu marido.

Constata, depois de um tempo de silêncio, que a música não vai continuar, e suspira com sincera compaixão:

Coitadinha!

Reinicia o monólogo:

Você adora mistérios, desde que eles sejam de tua própria lavra, claro. Mas, se forem reais, não sabe o que fazer com o próprio corpo. Então entra na casa como um fugitivo e vai direto para o banheiro, passar a tua loção pessoal, para ninguém notar a que você traz da rua. Não tem um minuto de paz, come nas nuvens, treme toda vez que o telefone toca. E não só você: todos os homens. Se um dia veem que a gente está de tromba por qualquer motivo, porque acordou antes da hora, ou porque nós também temos nosso segredo guardado — por que não? —, então basta a gente olhar direto nos olhos deles para eles morrerem de terror.

Olha para o marido:

Seus frouxos!

Você nunca aprendeu que, quando uma mulher amanhece calada, não se deve nem olhar para ela. Você faz o contrário: o susto é tanto que fica mais amável que nunca. Em compensação, nada torna os homens mais valentes como os ciúmes. Porque o cúmulo do descaramento é esse: não há ninguém mais ciumento que um marido infiel. Pensa só. Passam a tarde com a outra e voltam para casa enlouquecidos, querendo saber com quem estávamos falando durante as horas todas em que o telefone esteve ocupado. E você mais que ninguém. Imagine, você, a quem nunca perguntei onde estava, nem para onde vai, nem a que horas volta; alguém que sai sem dizer estou indo, e, por outro lado, volta das esbórnias fazendo perguntas insidiosas, jogando verde para colher maduro, tentando saber de passagem onde vou almoçar, com quem, a que hora, para saber aonde pode ir com ela sem tropeçar comigo.

Tinha de ver o tremelique de maleitoso que te deu quando ouviu dizer que eu tinha me deitado com seis dos meus literatos ao mesmo tempo. Eu, adestrada por meu esposo amantíssimo nas delícias da castidade! Tinha de sentir a chama da febre quando te puseram na cabeça que eu tinha ido para a cama com o Nano. Que horror! Todos os recursos da inteligência humana a serviço do ridículo.

Pensa por um momento, sorri com malícia e recomeça em outro tom.

Quer saber a verdade? Foi pior do que contaram, pior ainda que teus fantasmas dementes.

Pausa longa.

Pois bem:

Não-me-deitei-com-ele!

Não porque me faltassem disposição e ânimo, mas porque ele também se mostrou igual a todos: um frouxo!

O erro foi meu desde o começo, mas não tenho do que me arrepender. Se tivesse de fazer outra vez, faria. Foi na época em que a gente estava matando cachorro a grito (como dizia minha mãe), de verdade nas últimas, e uma manhã, quando não sobrava nem para o leite do menino, eu pus o vestido de florzinha cor-de-rosa e fui falar com o Nano, que eu nem conhecia. Fui sem pedir audiência. Assim que entrei no escritório, ele me lambuzou dos pés à cabeça com um olhar de banha de porco que me deixou nua. Que tipo! Bom, pensei, começou bem. Então eu soltei todo o meu charabiá e no fim pedi sem rodeios que ele tivesse a coragem de te dar um emprego.

Nunca na vida eu vi e acho que nunca vou ver um homem tão burro. Respondeu na cara que, por uma mulher como eu, era capaz de comer um crocodilo (como se tivesse lido Shakespeare!), e me propôs voltar na terça-feira seguinte depois do horário comercial, sozinha e pelo elevador de serviço; na quarta-feira de manhã você teria o emprego, nem que ele tivesse de enfrentar teu pai à bala. Me apresentou todo tipo de argumento. Que um homem como você entendia que o amor livre é um método civilizado de fazer o mundo avançar. Que, na juventude, você, ele e toda a tua turma de filhinhos de papai de La Bella Mar iam ao Parque dos Suspiros nos carros dos papais e intercambiavam as namoradas misturadas na escuridão, e todo mundo adorava, elas e vocês.

Eu não quis ouvir mais. Na terça-feira às seis da tarde subi pelo elevador de serviço, raspei três vezes o vidro da porta com o anel, como ele tinha indicado, e ele mesmo abriu. (*Ri, encantada.*)

Estava cagando de medo!

Só faltou se ajoelhar para me implorar perdão: como tinha passado por sua cabeça aquela infâmia? Muito pelo contrário: oxalá Deus tivesse lhe dado uma mulher igual a mim, capaz de se arrastar até o patíbulo para ajudar o marido. E, depois de muito salamaleque e jeremiada, me disse que, obviamente, com aquilo ele não queria dizer que estava arrependido da palavra dada, pois no dia seguinte você teria o emprego correspondente aos teus méritos e com as honras de teus sobrenomes.

(*Sorri.*) Ai, meu Deus, o que aquele coitadinho precisou ouvir! Até me assustei, achando que ele ia ter uma síncope, quando eu disse que uma coisa é ser homem, e outra, bem diferente, é humilhar uma mulher se negando a aceitar sua desonra, depois de fazê-la ir até lá arrastando a honra. Então, para arrematar, eu disse que o dever dele era agir como homem não só para pagar, mas também para cobrar. (*Inicia um rápido striptease, pondo em prática o que está dizendo*): E, falando, fui tirando o vestido de florzinha, as meias esgarçadas no calcanhar, meu sutiã de recém-parida, e a melhor ideia do coitado foi me cobrir com a toalha da mesa de reunião antes que eu acabasse ficando nua em pelo. Hoje em dia, nós dois fazemos cara de paisagem toda vez que nos encontramos por aí, ele com meio corpo morto, feito um espantalho na cadeira de rodas; mas ele sabe que eu sei que ele sabe que eu sei, e não há remédio para apagar as más recordações. Mas daquela vez — faz agora quanto tempo? —, vinte e dois, vinte e três anos, que gosto eu tive! Que gosto, porra!

De modo que foi assim, e não faz cinco anos você chegou com sangue nos olhos porque ouviu a fofoca atrasada e errada.

Maliciosa:

Em compensação, quem merecia um tiro teu, falando sério, é Floro Morales. Não por ele, que é um príncipe, mas por mim.

Essa você mesmo cavou, quando me disse, em Paris, como quem não quer nada: "Quem está aqui é o coitado do Floro Morales, sozinho, sem ninguém para sair." Eu tentava adivinhar o que é que você estava querendo e não dizia diretamente; e você continuava, arrevesado: "Eu gostaria muito de convidá-lo para o concerto de sábado, se não tivéssemos esse jantar em Bruxelas com o pessoal do Rumpelmayer, aqueles que tanto te aborrecem. Eles te aborrecem, não? Assim como parece que Bruxelas te aborrece." Claro que me aborreciam, Bruxelas e os homens do Rumpelmayer, assim como você me aborrece quando quer conseguir uma coisa e não se atreve a dizer, e como sempre vai me aborrecer jantar falando outra língua, com os dedos dos pés entorpecidos de medo de falar errado. Por isso, não precisei fazer nenhum sacrifício para chegar aonde você queria, e te disse que podia ir sozinho para Bruxelas. "Diga que me resfriei com este tempo úmido, e vou ao concerto com o coitado do Floro, a quem devemos muitos convites." Estou indo bem?

Bom. Pois agora estou vendo com clareza: quem estava em Bruxelas era ela, viajando atrás de nós, no avião seguinte. Você inventou o jantar para ir vê-la, porque sabia que eu não voltaria a Bruxelas depois da primeira vez, que foi horrível, muito menos para jantar com alguém em francês. De modo que você me deixou nos braços de Floro Morales com a fantasia de sempre: "Você sabe que não há perigo nenhum: ele é do outro time." (*Gozadora*): Ha, ha.

Era a primeira vez que íamos a Paris, e eu parecia uma perua amarrada, preocupada em imitar o que você fazia ou o que os outros faziam, para não notarem em mim as marcas da província. Mas com Floro Morales eu não só passei um verdadeiro sábado de glória como ele também teve tempo para me revelar muitas coisas de que eu sentia falta em você, coisas que mudaram minha vida.

Não quero ser injusta. Sempre reconheci que ninguém me redimiu melhor que você. Nem meus quatro doutorados e meus dois mestrados. Quando nos mudamos para esta casa eu não sabia distinguir cinzeiros de urnas funerárias. E você ia me ensinando o mundo com uma brandura que só parecia possível por amor, mas agora eu sei que era só vaidade.

E em música, nem se fala: você me tirou crua dos acordeões caribenhos, dos merengues de Santo Domingo, das *plenas* de Porto Rico que estrondavam nas noites da marisma, e me fez provar o veneno de Bach, Beethoven, Brahms, Bartók e, claro, dos Beatles — os cinco *bês* sem os quais já não consigo continuar vivendo. Você me fez entender o que Debussy disse, que o mais difícil de tocar piano é fazer esquecer que ele tem martelos. Ou o que Stravinski disse, que Vivaldi compôs o mesmo concerto quinhentas vezes.

Mas o que Floro Morales me ensinou numa única noite foi uma coisa que me faltava para aproveitar melhor o que você tinha me ensinado: que, por princípio, a gente deve desconfiar das coisas que nos fazem felizes. Precisamos aprender a rir delas; se não, elas acabam rindo de nós.

Já sei o que você está pensando. O de sempre: que ele é um brega. (*Dá de ombros*): Ah! Eu também. (*Ri.*) Sabe o que aquele bárbaro disse? Que Mozart não existe, porque quando é ruim parece Haydn e quando é bom parece Beethoven.

Tudo isso, digamos, são frivolidades de salão. Mas o que nunca vou esquecer é a maneira como me acompanhava. Ele me fazia sentir que tudo o que eu dizia era a coisa mais importante do mundo, me fazia sentir que qualquer coisa que eu fizesse era uma lição para ele. E, acima de tudo, que não tinha medo da ternura. À medida que passavam as horas, eu me convencia de como teria sido fácil a vida com ele. Mais fácil do que com você, sem dúvida, se bem que, talvez, menos divertida.

Enquanto ela conta, vai anoitecendo.

Foi uma noite mágica. Tanto que, por um momento, tive medo de, no dia seguinte, quando você voltasse de Bruxelas, eu me sentir ao seu lado numa ilha deserta.

Quando saímos do jantar depois do concerto, as ruas começavam a se cobrir de uma espuma luminosa. Demorei um instante para entender que estava nevando, porque era a primeira vez que eu via aquilo.

> *No fundo se acende o perfil luminoso de Paris, e começa a nevar no cenário. Ela veste um radiante casaco de pele e um chapéu dos anos vinte.*

Ele tirou os sapatos, amarrou o par pelos cadarços e pendurou no pescoço. "Vai pegar uma pneumonia", eu disse. Ele respondeu: "Que nada, a neve é quente." Então eu fiz o mesmo.

Tira os sapatos, já em plena nevasca.

Que maravilha! (*Feliz.*) Nevava sobre as cúpulas douradas, sobre os barcos iluminados que passavam cantando por baixo das pontes, nevava para ele e para mim em toda Paris, nevava só para os dois no mundo inteiro.

> *Começa a cantar "**La Complainte de la Butte**", acompanhada por acordeões, ao mesmo tempo que dança sob a neve, louca de felicidade, enquanto vai tirando a roupa de inverno até ficar com o humilde vestido do começo.*

> *A nevasca se estende até a plateia. A música ocupa todo o recinto do teatro.*

> *Os varais com a roupa estendida aparecem sob a neve.*

*Quando para de nevar, Graciela,
vestida de pobre, senta-se exausta
num banquinho, sob os varais de
roupa, e adota um tom inconsolável.
É a crua realidade.*

Estávamos chegando ao hotel, exaustos de
gozar a neve, quando me ocorreu de repente:
ele vai querer que eu convide para subir ao meu
quarto. Que ofereça uma bebida, que mostre o
álbum de fotos, que sei eu, qualquer artimanha
dessas que os homens inventam para subir aos
quartos. Aí pensei: esse deve ser diferente. Não
deve ser dos apressados, não deve ser dos que
perguntam se foi bom, depois se viram para o
outro lado e dormem. Que nada! Tenho certeza
de que não era igual a ninguém. Além disso,
logo de início eu tinha percebido que ele não
era do outro time, que é o que vocês sempre
dizem dos que são diferentes. Ao contrário: ele
é homem mesmo. Tanto que não me propôs

subir ao quarto. Despediu-se de mim na porta, com dois beijos cálidos nas faces, e nunca na minha vida me senti tão sozinha como quando ele se foi. Na manhã seguinte, com o desjejum, trouxeram um buquê de rosas que mal passava pela porta e um cartão dele que dizia apenas: *Que pena!* Então entendi o que nunca tinha desejado entender: que há um momento da vida em que uma mulher casada pode ir para a cama com outro sem ser infiel.

> *Quase imperceptivelmente se inicia no quarto vizinho o exercício de saxofone. O mesmo de sempre. Graciela vai emergindo do estupor à medida que o volume da música cresce. Suspira:*

Ai, Amália Florida, não há ninguém como você para me castigar sempre com a realidade!

O saxofone se interrompe abrupta-
mente. Graciela se levanta decidida.

Mas agora acabou. À merda o passado!

Arranca com puxões a roupa seca
dos varais e vai atirando as pe-
ças para fora do cenário. Começa
a amanhecer. Por fim, ela atira o
banquinho, até que fique apenas o
espaço atual, em pleno dia, com um
grande retrato a óleo do primeiro
marquês na parede do fundo.

O marido continua lendo o jornal.

Não quero mais saber de heráldicas inven-
tadas, nem de falsos retratos de bisavôs falsos
pintados por falsos Velázquez, nem de batela-
das de votos comprados para políticos matrei-
ros. Durante anos me consolei com a ilusão

de uma casa de repouso de frente para o mar, onde eu iria morar com meus literatos, longe de tanto horror. Mas agora não: esse seria um modo de continuar o passado, e já não quero saber deste mundo, nem deste tempo, nem de ninguém que me lembre essas coisas. Nem de meu filho, que é o teu. Ouviu? Muito menos dele.

Mudança.

Segunda-feira liguei para ele com o pretexto de perguntar em que avião chegaria, porque não aguentava mais de vontade de contar meu estado. Uma mensagem na secretária eletrônica dizia que ele estava em outro número. Liguei para lá, às sete da manhã, e fui atendida por alguém que, pela voz, só podia ser uma loira nua. Ela disse que sim, que teu filho estava dormindo com ela, mas tinha dado ordens de não ser acordado antes das nove. Eu disse que era da parte da mãe dele, e ela respondeu com maus modos que não podia ser, porque teu filho era órfão de pai e mãe.

Olha o relógio de pulso e se apressa:

Ai! O tempo voou.

Sai correndo. Ouve-se o barulho do chuveiro. Graciela levanta a voz para continuar o monólogo de dentro do banheiro, e em tom mais doméstico:

(*Sobe o tom.*) Bom. Liguei para ele ao meio--dia e perguntei por que ele se sentia órfão, e ele explicou com todas as letras que se sentia como se você e eu estivéssemos mortos desde sempre. Assim, em bom-tom, sem vontade de ofender. Sabe Deus o que ele quis dizer! Depois, também de passagem, disse que olhe, mamãe, é pena, mas não vou poder estar nas tuas bodas de prata porque hoje à tarde preciso ir a Chicago, para o casamento da Agatha. Perguntei quem era Agatha, e ele disse que é a namorada dele que me atendeu quando telefonei de manhã, que ela ia se casar com outro por dois ou três anos porque tinham um compromisso anterior.

O barulho do chuveiro cessa. Graciela entra de roupão, acabando de secar o cabelo com um secador, e começa a pôr o vestido definitivo para a festa.

Mesmo assim, era tanta a minha ansiedade, que acabei dizendo que, depois de uma análise séria e dolorosa, não de agora, mas de vários anos, eu tinha resolvido ir morar sozinha. Expliquei os motivos o melhor que pude, para ele entender que, quando duas pessoas se separam, pode acontecer de os dois terem razão. Eu sentia que ele estava ouvindo com pressa, mas não me interrompeu, até eu chegar ao final, e então me disse: "Parece ótimo, mãe: deixe o telefone de tua nova casa, para eu ligar quando voltar de Chicago."

Reaparece a forma oval luminosa do espelho em primeiro plano. Quando acaba de se vestir, Graciela leva um porta-joias à penteadeira imaginária e se senta para se maquiar no banquinho que ela mesma põe diante do espelho. Então não se dirige ao marido, mas à sua própria imagem.

Enquanto se maquia, um criado uniformizado, na penumbra, entra quase na ponta dos pés e começa a pôr buquês de rosas no quarto. Daí até o final, ele entrará várias vezes

*com adornos florais que terminarão
por ocupar o fundo do cenário.*

*A certa altura, o recinto do teatro
vai sendo saturado com crescente
perfume de rosas.*

Se pelo menos te restasse o consolo de ter terminado com uma infâmia histórica. Mas nem isso. O único esforço que você fez para acabar com esta fortuna foi levantar todos os dias às dez da manhã. Mas nem disso se fala, claro. Ou-tro-a-ssun-to-pro-i-bi-do.

Quem te entende? Você passa a vida tirando o corpo da realidade (*Imita-o*), "esquece, meu amor, não estrague seu dia", "tome seu chazinho de boldo e sonhe com os anjos". E, de repente, zás!

Faz o gesto de atirar um prato contra a parede, e se ouve de novo o barulho de louça quebrada do início, que continuará como fundo até o final do parágrafo.

Você perde as estribeiras pela primeira vez na avançadíssima idade de quarenta e oito anos, sem nenhum motivo aparente, e espatifa a porcelana fina. Se fez aquilo para me assustar, o tiro saiu pela culatra. Para mim foi como um relâmpago de libertação no meio do estrépito, com a esperança de que aquela explosão de cólera nos abrisse a brecha para uma nova intimidade. Mas já vimos que não. Foi só o final esplêndido de uma farsa bem sustentada durante tantos anos: um rastilho de vidro.

Esvazia o porta-joias na mesa: é uma coleção deslumbrante e variada, como o tesouro de um pirata.

*Escolhe uma gargantilha de dia-
mantes, com respectivos brincos e
pulseiras, e com eles se adorna diante do espelho.*

Estes são como minha escova de dentes:
pessoais e intransferíveis. Um prêmio à resis-
tência física.

Aprecia nas mãos as melhores peças.

E estas são do patrimônio familiar. O diade-
ma de platina e ouro, pérolas e brilhantes, que
a primeira marquesa estreou no casamento,
aos dezoito anos. (*Experimenta-o.*) Ninguém
o usou de novo desde então, porque só a filha
mais velha de cada geração pode usá-lo para
se casar, e não nasceu mais nenhuma. (*Outra.*)
Pulseira de onze esmeraldas (*põe a pulseira
no pescoço*) que também pode ser usada como
gargantilha. (*Outra.*) Anel de noivado: uma

safira com dois diamantes do *Vieux Brésil*. (*Experimenta*.) Eu poderia ter usado, mas não nos demos tempo para esponsais. (*Outra*.) E este é o colar de pérolas de seis voltas que tua mãe só tirou do pescoço para morrer. (*Tira todas as joias, suspirando*.) Enfim: o saldo de um império de flibusteiros.

> *O espelho desaparece. Com as duas mãos, Graciela põe todas as joias dentro do porta-joias e entra no banheiro, dizendo:*

Se eu soubesse que seriam arrematadas em leilão para uma boa obra, tudo bem! Mas deixar estas joias aqui para serem exibidas por qualquer bisca de dois vinténs que não suou por elas? De jeito nenhum!

> *Depois de breve silêncio, ouve-se o barulho da descarga. Graciela en-*

*tra com o porta-joias vazio e o atira
sem contemplação no cesto de lixo.*

Sem problema. Isso não vai te deixar mais arruinado do que já está.

E eu, claro, não vou te custar nem um centavo a mais. Saio como cheguei, com uma mão na frente e outra atrás, e sem rabo preso com ninguém. Mas que aquela bastarda não se iluda achando que estou indo embora por causa dela. Imagine só. Por uma porcaria de mulher daquela! Ao contrário, eu é que deveria lhe agradecer por me ter arrancado de uma ilusão abominável para me conscientizar do meu destino servil. Vou embora por mim mesma e por mais ninguém, farta de uma sorte mesquinha que me deu tudo, menos amor.

Serve-se de bebida e vai tomando em pequenos goles.

Não era isto o que eu procurava quando fugi com você, nem o que estive esperando durante tantos e tantos anos nesta casa alheia, e vou continuar procurando até o último suspiro, onde quer que eu esteja e como esteja, mesmo que o céu caia em cima de mim. Se as únicas coisas que o casamento pode me dar são honra e segurança, que vá à merda: haverá outros modos.

Os casais de convidados, em trajes de gala, começam a entrar por ambos os lados e aos poucos vão ocupando a penumbra do fundo, entre os buquês de rosas. São como sombras estáticas; não se enxerga o rosto deles. Assim permanecerão até o final.

Você viu que eu enfrento bem os desastres irreparáveis da intimidade. Bom, eu desafiaria de novo tudo isso, até com grande alegria, só para te ajudar a envelhecer. Mas, de tanto ter de suportá-los, não aguento mais os minúsculos desgostos da felicidade cotidiana. Não aguento mais não saber a que horas se come porque nunca se sabe a que horas você vai chegar. Não aguento mais ver o peixe morrer duas vezes no forno, com os convidados passeando bêbados pelos tapetes, à espera da tua chegada. (Se chegar.) Não aguento mais ver que, chegando, você é tão sedutor que os outros me tratam como se eu é que chegasse tarde ou, pior, como se eu não te deixasse chegar, e é só você se sentar ao piano ou começar os teus truques com cartas, para todos caírem extasiados a teus pés, e até os leões de mármore do vestíbulo se põem a cantar em coro as mesmas canções de toda a vida, que *o vinho que tem Assunção não é branco nem tinto e não tem cor*, a noite toda, uma vez, outra vez, até que não sobre nem uma gota de vinho nos garrafões.

(*Enfastiada*): Acabou!

Num crescendo veemente:

Não aguento mais você em todo lugar soltando mentiras — ai, que pé no saco! —, depois se virando para mim e perguntando: "Não é mesmo, meu amor?" E eu tenho de dizer, sem falta, como o acólito na missa, tocando o sininho: "É, meu amor." Não aguento mais criminosos políticos à nossa mesa. Não aguento mais difamações de imbecis contra meus literatos. Não aguento mais a piadinha de quem pede um uísque sem água no bar e lhe respondem que será sem soda porque água não há. Não aguento mais o desastre da cozinha quando você resolve preparar a receita do galo hindu. Não aguento mais o inventário matutino das tuas desgraças por não encontrar a camisa que quer, quando há duzentas iguais no armário, passadinhas e perfumadas com vetiver. Não aguento mais o tanque de oxigênio de emergência às três da madrugada toda vez que você bebe mais do que devia e acorda com a chatice de sempre, que está com falta de ar. Não aguento mais as tuas reclamações por não encontrar os óculos que estão na tua cara, nem por ter acabado o papel higiênico com cheiro de rosas, nem o caminho da roupa por toda a casa: a gravata no vestíbulo, o paletó na sala, a camisa na copa, os sapatos na cozinha, as cuecas em qualquer lugar e todas as luzes acesas por onde você vai passando, e o susto do dilúvio ao acordar, porque à noite você se esqueceu de fechar as torneiras da banheira, e a televisão falando sozinha, e você como se nada estivesse acontecendo enquanto o mundo vem abaixo, você anestesiado atrás desse jornal, repassando e voltando a repassar tudo pelo direito e pelo avesso, como se estivesse escrito em árabe. Não te aguento mais fantasiado de manola, com a cara toda rebocada e voz de retardada mental, cantando a mesma dor de barriga de sempre:

Pega um leque de espanhola e arremeda a canção.

Yo tengó,
yo tengó para hacer cría, una po,
una pollita en mi casa,
cantandó,
cantando no más lo pasa, y no pó,
y no pone todavía. Etc.*

Atira o leque com raiva e pega a caixa de fósforos mais próxima para acender o cigarro, mas está vazia. Sem interromper o monólogo, continuará abrindo outras das muitas que estão em diferentes lugares do cenário, mas todas vazias. Joga com força uma no chão.

---

* Eu tenhô, / Eu tenhô para dar cria, uma ga, / uma galinha lá em casa, / cantandô, / cantandô e nada mais, e não bó, / e não bota ainda não. [N.T.]

(*Gritando*): Não aguento mais que você seja tão simpático, porra!

Faz uma pausa, ofegante e, quando recobra o fôlego, continua em tom mais sereno:

Você vai fazer meio século de vida e ainda não descobriu que, apesar das viagens à Lua, apesar das seis suítes para violoncelo solo, apesar de tantas glórias da alma, nós, seres humanos, continuamos sendo iguais aos cachorros. Tenho consciência de como os homens me olham (e algumas mulheres, claro), de como me escolhem de longe, abrem passagem na multidão e vêm em minha direção, e me cumprimentam com um beijo que para todo mundo parece convencional, mas nem sempre é. Que nada! A maioria faz isso só para sentir meu cheiro, como os cachorros da rua, e nós, mulheres, temos um instinto de, para uns, exalar um odor que diz não e, para outros, um odor que diz sim. Entre as pessoas que conhecemos, mesmo entre os amigos mais íntimos, cada mulher sabe quais são os homens que sim, e eles também sabem. É uma comunidade unida por um pacto confidencial do qual nunca se fala e talvez nunca se falará, mas que está aí, sempre alerta, sempre disponível, por via das dúvidas.

Acelerada:

De modo que, quando chegar a hora, não há de faltar um homem que me ame de sobra para me acordar de amor quando eu fingir estar dormindo, para arrombar a porta do banheiro quando eu estiver me fazendo esperar demais, para não ter medo de ser vampiro numa ou noutra lua, e que seja capaz de ser assim onde e como quer que seja e não sempre na cama, como os mortos. Um homem que não deixe de fazer isso comigo por imaginar que não quero, mas que me obrigue a querer fazer mesmo que eu não queira, a todas as horas e em qualquer lugar, como e onde quer que seja, debaixo das pontes, nas escadas de incêndio, no toalete de um avião enquanto o mundo dorme no meio do Atlântico, e que, mesmo na escuridão exterior ou nos ápices mais cegos, sempre saiba que sou eu quem está com ele, que sou eu e nenhuma outra a única feita sob medida para fazê-lo feliz e ser feliz com ele até a puta morte.

Desesperada por não encontrar fósforos nas caixas, aproxima-se pela primeira vez do marido, como se fosse um móvel a mais, e tira um isqueiro do bolso do paletó dele. Depois de acender o cigarro, diz:

E, se não encontrar, não faz mal. Prefiro a liberdade de procurá-lo para sempre ao horror de saber que não existe outro a quem eu possa amar como só amei um nesta vida. Sabe quem?

(*Grita perto dele*): Você, seu sacana.

Sem raiva, sem maldade, quase como uma travessura, põe fogo no jornal que o marido lê. Depois se afasta, dá-lhe as costas e chega ao final do monólogo sem perceber que o fogo se propagou, e o marido imóvel está sendo consumido pelas chamas.

Você: o pobre coitado com quem fugi nua desde antes de nascer, aquele que eu vigiava enquanto dormia, observando a respiração para ter certeza de que estava vivo e era meu, conferindo cada centímetro de sua pele de recém--nascido para que não lhe faltasse nada: nem um sulco a mais, nem um poro a menos, nada que pudesse perturbar o repouso do que era meu.

O primeiro mambo da noite com grande orquestra começa com volume crescente, e Graciela vai elevando a voz para ser ouvida.

Porque eu o inventei para mim, tal como o sonhei à sua própria imagem e semelhança desde muito antes de conhecê-lo, para tê-lo como meu até sempre, purificado e redimido nas chamas do amor mais intenso e infeliz que já existiu neste inferno. (*Esganiça-se*): Porra!

Para os músicos invisíveis:

Deixem-me falaaaaar!

É a última coisa que se consegue ouvir. O mambo aumenta até um volume impossível, abafa a voz, apaga-a do mundo, e Graciela continua articulando frases inaudíveis contra os músicos, gesticulando ameaças inaudíveis contra os convidados sem rosto na penumbra, insubordinada contra a vida, contra tudo, enquanto o marido, imperturbável, acaba de se transformar em cinzas.

CORTINA

Cidade do México, novembro de 1987

Este livro foi composto na tipografia
Minion Pro, em corpo 13/18, e impresso
em papel off-white no Sistema Cameron
da Divisão Gráfica da Distribuidora Record.